Beowulf

et comment il combattit Grendel
- un mythe anglo-saxon

Beowulf

And how he fought Grendel
An Anglo-Saxon Epic

Les Anglo-saxons sont arrivés en Grande-Bretagne au IVe siècle.
Beowulf est le plus vieux récit épique européen connu écrit en vieil anglais (anglo-saxon). Le seul manuscrit du récit épique qui subsiste date du Xe siècle, bien que les événements aient pris place au VIe siècle. Le poème contient des références à des lieux, des personnages et des événements réels, bien qu'il n'y ait pas de preuve historique que Beowulf ait existé.
Les Geats habitaient le sud de la Suède et les événements de cette histoire se passent au Danemark.
J.R.R. Tolkien était professeur d'anglo-saxon à Oxford et il s'est inspiré de *Beowulf* et de la mythologie anglo-saxonne pour écrire *Le seigneur des anneaux.*
Nous espérons que cette version simplifiée d'une partie du mythe de *Beowulf* inspirera les lecteurs à lire la magnifique version originale.

The Anglo-Saxons came to the British shores in the fourth century.
Beowulf is the earliest known European vernacular epic written in Old English (Anglo-Saxon). The only surviving manuscript of the epic poem dates from the tenth century, although the events are thought to have taken place in the sixth century. The poem contains references to real places, people and events, although there is no historical evidence to Beowulf himself having existed.
The Geats were the southern Swedish people and the events in this story take place in Denmark.
The late J R R Tolkien was Professor of Anglo-Saxon at Oxford and he drew on *Beowulf* and Anglo-Saxon mythology when he wrote *Lord of the Rings.*
It is hoped that this simplified version of part of the Beowulf legend will inspire readers to look at the magnificent original.

Some Anglo-Saxon kennings and their meanings:
Flood timber or swimming timber - ship
Candle of the world - sun
Swan road or swan riding - sea
Ray of light in battle - sword
Play wood - harp

A CIP record for this book is available
from the British Library.

First published 2004 by Mantra Lingua
5 Alexandra Grove,
London N12 8NU
www.mantralingua.com

Beowulf

Beowulf

Adapted by Henriette Barkow
Illustrated by Alan Down

French translation by Gwennola Orio-Glaunec

MANTRA

Avez-vous entendu la rumeur ?

On dit que si vous parlez trop et riez trop, Grendel va venir vous emporter. Vous ne connaissez pas Grendel ? Alors, je pense que vous ne connaissez pas Beowulf. Ecoutez attentivement, je vais vous raconter l'histoire du plus grand guerrier des Geats et comment il combattit l'abominable monstre, Grendel.

Did you hear that?

They say that if there is too much talking and laughter, Grendel will come and drag you away. You don't know about Grendel? Then I suppose you don't know about Beowulf either. Listen closely and I will tell you the story of the greatest Geat warrior and how he fought the vile monster, Grendel.

Il y a plus de mille ans, le roi danois Hrothgar décida de bâtir un grand château pour célébrer les victoires de ses loyaux guerriers. Lorsque le château fut terminé, il l'appela Heorot et déclara que ce serait un lieu de festin où on donnerait des présents. Heorot dominait le paysage marécageux désolé. On pouvait voir ses pignons blancs à des kilomètres.

More than a thousand years ago the Danish King Hrothgar decided to build a great hall to celebrate the victories of his loyal warriors. When the hall was finished he named it Heorot and proclaimed that it should be a place for feasting, and for the bestowing of gifts. Heorot towered over the desolate marshy landscape. Its white gables could be seen for miles.

Une nuit noire sans lune, Hrothgar donna son premier grand banquet dans la salle principale. Il y avait les plats les plus délicieux et de la bière pour tous les guerriers et leurs épouses. Il y avait aussi des ménestrels et des musiciens.

On a dark and moonless night Hrothgar held his first great banquet in the main hall. There was the finest food and ale for all the warriors and their wives. There were minstrels and musicians too.

On pouvait entendre leurs sons joyeux dans tous les marécages jusqu'aux eaux bleu foncé où vivait un être malfaisant.

Grendel avait autrefois été un homme, mais il était devenu une créature cruelle et sanguinaire. Grendel n'était plus un être humain, mais il avait conservé certains traits humains.

Their joyous sounds could be heard all across the marshes to the dark blue waters, where an evil being lived.

Grendel - once a human, but now a cruel and bloodthirsty creature. Grendel - no longer a man, but still with some human features.

Grendel était furieux des bruits de réjouissance qui venaient du château. Tard dans la nuit, quand le roi et la reine se furent retirés dans leurs appartements et que tous les guerriers étaient endormis, Grendel se glissa à travers les marécages boueux. Lorsqu'il arriva à la porte, il vit qu'elle était barricadée. D'un coup formidable il enfonça la porte. Grendel était à l'intérieur.

Grendel was much angered by the sounds of merriment that came from the hall. Late that night, when the king and queen had retired to their rooms, and all the warriors were asleep, Grendel crept across the squelching marshes. When he reached the door he found it barred. With one mighty blow he pushed the door open. Then Grendel was inside.

Cette nuit-là, dans le château, Grendel massacra trente des plus braves guerriers de Hrothgar. Il les étrangla avec ses mains qui ressemblaient à des serres et il but leur sang, avant d'enfoncer ses dents dans leur chair. Quand il ne resta plus personne de vivant, Grendel retourna dans sa maison sombre, humide et froide, sous les vagues insipides.

That night, in that hall, Grendel slaughtered thirty of Hrothgar's bravest warriors. He snapped their necks with his claw like hands, and drank their blood, before sinking his teeth into their flesh. When none were left alive Grendel returned to his dark dank home beneath the watery waves.

Le lendemain matin, le château fut rempli de pleurs et de lamentations. Le tableau du carnage des plus forts et des plus braves Danois remplit le pays d'une tristesse profonde et désespérée.

Pendant douze longs hivers Grendel continua à ravager et à tuer tous ceux qui s'approchaient de Heorot. De nombreux membres du clan essayèrent de se battre contre Grendel, mais leur armure était impuissante contre cet être malfaisant.

In the morning the hall was filled with weeping and grieving. The sight of the carnage of the strongest and bravest Danes filled the land with a deep despairing sadness.

For twelve long winters Grendel continued to ravage and kill any who came near Heorot. Many a brave clansman tried to do battle with Grendel, but their armour was useless against the evil one.

Les histoires des terribles méfaits de Grendel se répandirent très loin. Elles finirent par atteindre Beowulf, le plus puissant et le plus noble des guerriers de son peuple. Il fit le serment de tuer le monstre malfaisant.

The stories of the terrible deeds of Grendel were carried far and wide. Eventually they reached Beowulf, the mightiest and noblest warrior of his people. He vowed that he would slay the evil monster.

Beowulf partit à la voile avec quatorze de ses loyaux seigneurs pour les rivages danois. Comme ils arrivaient, les garde-côtes les interpellèrent : << Halte à celui qui veut débarquer ! Qu'est-ce qui vous amène sur ces rivages ? >>

<< Je suis Beowulf. Je m'aventure sur vos terres pour combattre Grendel pour votre roi Hrothgar. Alors dépêchez-vous et emmenez-moi auprès de lui, >> commanda-t-il.

Beowulf sailed with fourteen of his loyal thanes to the Danish shore. As they landed the coastal guards challenged them: "Halt he who dares to land! What is thy calling upon these shores?"

"I am Beowulf. I have ventured to your lands to fight Grendel for your king, Hrothgar. So make haste and take me to him," he commanded.

Beowulf arriva à Heorot et contempla le paysage désolé. Grendel était quelque part par là. Le cœur résolu il se retourna et entra dans le château.

Beowulf arrived at Heorot and surveyed the desolate landscape. Grendel was somewhere out there. With resolve in his heart he turned and entered the hall.

Beowulf se présenta au roi. << Hrothgar, noble roi des Danois, voici ma promesse : je vais te débarrasser du malfaisant Grendel. >>

<< Beowulf, j'ai entendu parler de tes exploits courageux et de ta grande force, mais Grendel est plus fort que tout être vivant que tu as déjà rencontré, >> répondit le roi.

<< Hrothgar, non seulement je vais combattre et vaincre Grendel, mais je vais le faire de mes mains nues, >> Beowulf assura le roi. Beaucoup pensèrent qu'il faisait là une vaine promesse, car ils n'avaient pas entendu parler de sa grande force et de ses exploits courageux.

Beowulf presented himself to the king. "Hrothgar, true and noble King of the Danes, this is my pledge: I will rid thee of the evil Grendel."

"Beowulf, I have heard of your brave deeds and great strength but Grendel is stronger than any living being that you would ever have encountered," replied the king.

"Hrothgar, I will not only fight and defeat Grendel, but I will do it with my bare hands," Beowulf assured the king.
Many thought that this was an idle boast,
for they had not heard of his great
strength and brave deeds.

Cette nuit-là Beowulf et ses guerriers les plus loyaux s'endormirent dans la grande salle.

That very night Beowulf and his most trusted warriors lay down to sleep in the great hall.

Comme la lumière du jour diminuait, Grendel traversa le terrain marécageux pour se rendre au château, ne réalisant pas que ses envies de sang ne seraient pas satisfaites cette nuit-là.

Grendel se précipita dans la salle. Il arracha un guerrier de son banc, l'étrangla et but son sang, et ensuite il le jeta par terre.

As the light dimmed, Grendel made his way across the marshy ground to the hall not realising that tonight his bloodthirsty cravings would not be satisfied.

Grendel burst into the hall. He wrenched a warrior from his bench, snapped his neck and drank his blood, and then tossed him aside.

Il se dirigea vers le banc suivant et agrippa un autre homme. Quand il sentit la poigne de Beowulf il sut qu'il avait rencontré une force aussi puissante que la sienne.

He moved on to the next bench and grabbed that man. When he felt Beowulf's grip he knew that he had met a power as great as his own.

<< C'est fini, être malfaisant ! >> ordonna Beowulf. << Je vais te combattre jusqu'à la mort. Le bien va l'emporter. >>

Grendel se précipita en avant pour attraper la gorge du guerrier mais Beowulf attrapa son bras. Ils se livrèrent à un combat mortel. Ils bouillaient tous les deux de fureur et du désir de tuer l'autre. Finalement, d'une énorme secousse, en utilisant toute sa force, Beowulf arracha le bras de Grendel.

"No more, you evil being!" commanded Beowulf. "I shall fight you to the death. Good shall prevail."

Grendel lunged forward to grab the warrior's throat but Beowulf grabbed his arm. Thus they were locked in mortal combat. Each was seething with the desire to kill the other. Finally, with a mighty jerk, and using all the power within him, Beowulf ripped Grendel's arm off.

Un cri épouvantable déchira la nuit et Grendel s'enfuit en titubant, en laissant une traînée de sang. Il traversa les marécages brumeux pour la dernière fois et mourut dans sa cave, sous les eaux troubles bleu foncé.

A terrible scream pierced the night air as Grendel staggered away, leaving a trail of blood. He crossed the misty marshes for the last time, and died in his cave beneath the dark blue murky waters.

Beowulf leva le bras au-dessus de sa tête pour que tout le monde le voit et proclama : << Moi, Beowulf, j'ai vaincu Grendel. Le bien a triomphé du mal ! >>

Lorsque Beowulf présenta le bras à Hrothgar, le roi se réjouit et le remercia. << Beowulf, le plus grand des hommes, à partir d'aujourd'hui, je vais t'aimer comme un fils et de couvrir de richesses. >>

Un grand festin fut préparé pour ce soir-là pour célébrer la défaite de l'ennemi d'Hrothgar par Beowulf.

Mais ils se réjouissaient trop vite.

Beowulf lifted the arm above his head for all to see and proclaimed: "I, Beowulf have defeated Grendel. Good has triumphed over evil!"

When Beowulf presented Hrothgar with Grendel's arm the king rejoiced and gave his thanks: "Beowulf, greatest of men, from this day forth I will love thee like a son and bestow wealth upon you."

A great feast was commanded for that night to celebrate Beowulf's defeat of Hrothgar's enemy.

But the rejoicing came too soon.

Sous les eaux glacées bleu sombre
une mère pleurait la mort de son fils et jura
de venger sa mort. Au milieu de la nuit elle nagea
vers la surface et se rendit au château d'Heorot.
Là elle terrorisa les habitants. Elle attrapa un des guerriers
d'Hrothgar, lui tordit le cou et s'enfuit pour le dévorer en paix.

Tout le monde avait oublié que Grendel avait une mère.

Under the deep blue chilling waters a mother mourned her
son and vowed to avenge his death. In the middle of the
night, she swam to the surface and made the journey to
the hall of Heorot. Here she terrorised those within.
She grabbed one of Hrothgar's warriors, wrung
his neck and ran off to devour him in peace.

All had forgotten that Grendel had a mother.

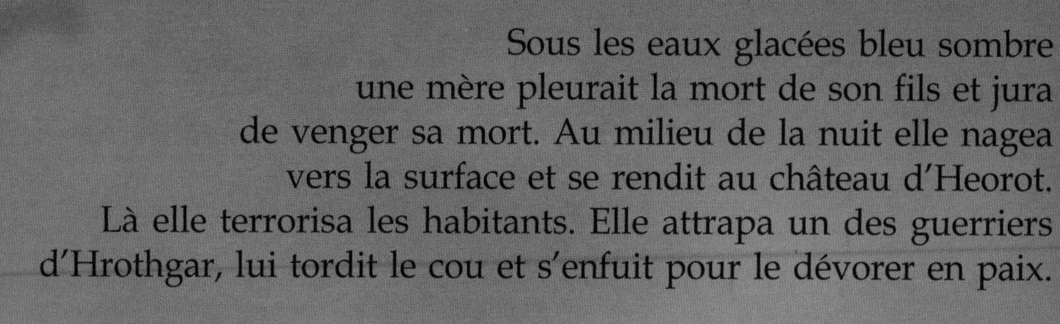

Une fois de plus Heorot fut rempli du bruit des lamentations, mais aussi de la colère.

Hrothgar manda Beowulf et une fois de plus Beowulf promit de se battre : << Je vais aller combattre et vaincre la mère de Grendel. Il faut arrêter ce massacre. >>

Sur ces mots il réunit quatorze de ses plus nobles guerriers et ils partirent à cheval vers la maison aquatique de Grendel.

Once more Heorot was filled with the sound of mourning, but also of anger.

Hrothgar summoned Beowulf to his chamber, and once more Beowulf pledged to do battle: "I will go and defeat Grendel's mother. The killing has to stop." With these words he gathered his fourteen noble warriors and rode out towards Grendel's watery home.

Ils suivirent la trace du monstre dans les marécages jusqu'à ce qu'ils arrivent à des falaises. Là un spectacle terrible les attendait : la tête du guerrier massacré suspendue à un arbre près des eaux ensanglantées.

They tracked the monster across the marshes until they reached some cliffs. There a terrible sight met their eyes: the head of the slain warrior hanging from a tree by the side of the blood stained waters.

Beowulf descendit de cheval et revêtit son armure. L'épée à la main, il plongea dans les eaux sombres. Il nagea de plus en plus profondément jusqu'à ce qu'il arrive au fond, plusieurs heures plus tard. Là il se trouva face à face avec la mère de Grendel.

Beowulf dismounted from his horse and put on his armour. With sword in hand he plunged into the gloomy water. Down and down he swam until after many an hour he reached the bottom. There, he came face to face with Grendel's mother.

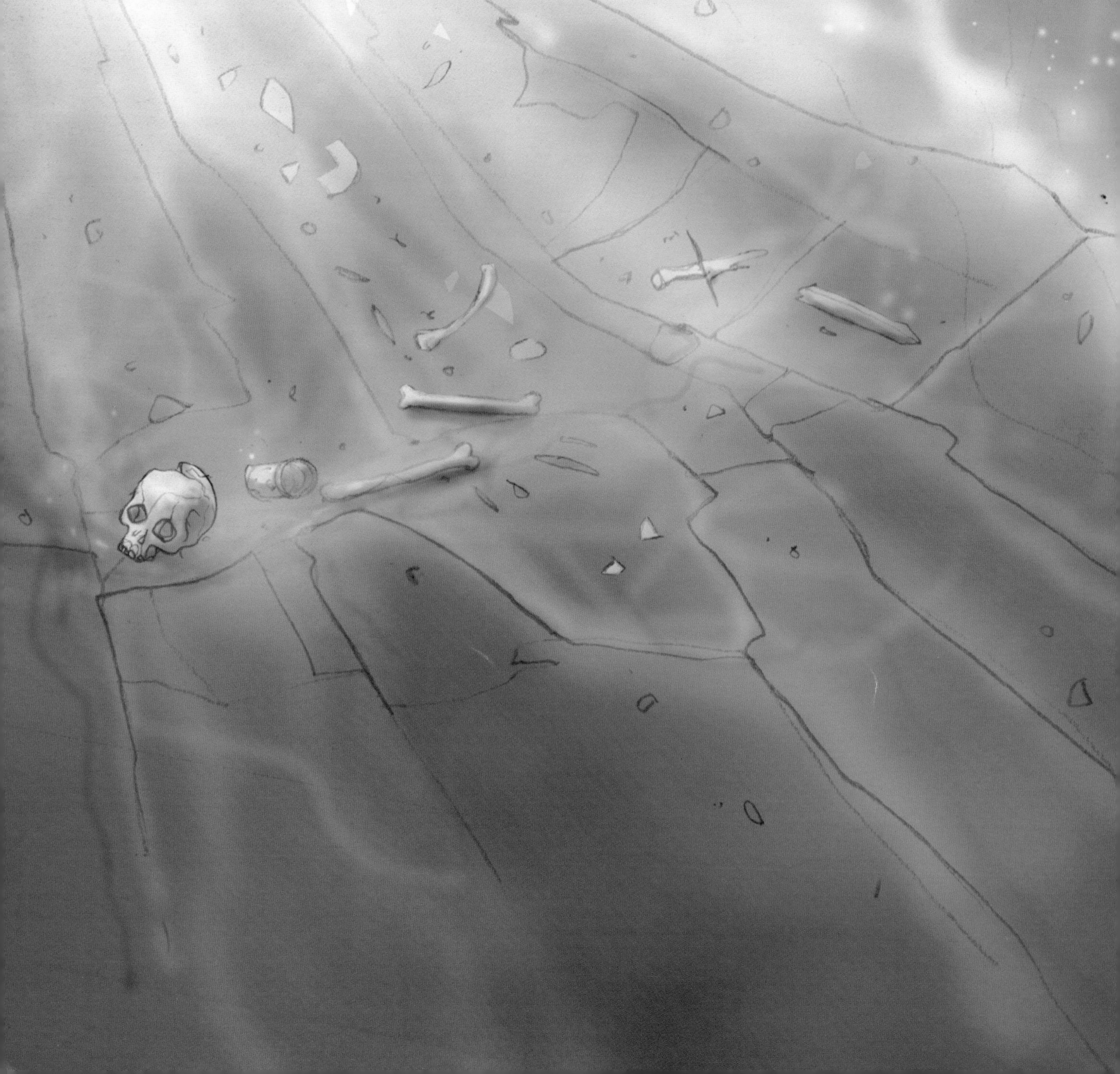

Elle se jeta sur lui et l'agrippant avec ses griffes, elle le traîna dans sa cave. Sans son armure, il aurait certainement péri.

She lunged at him, and clutching him with her claws, she dragged him into her cave. If it had not been for his armour he would surely have perished.

Dans la caverne, Beowulf sortit son épée et d'un formidable coup il la frappa à la tête. Mais l'épée l'effleura et ne laissa aucune marque. Beowulf jeta son épée. Il saisit le monstre par les épaules et le jeta sur le sol. Mais à ce moment là Beowulf trébucha et le monstre malfaisant sortit son poignard et le poignarda.

Within the cavern Beowulf drew his sword, and with a mighty blow struck her on the head. But the sword skimmed off and left no mark. Beowulf slung his sword away. He seized the monster by the shoulders and threw her to the ground. Oh, but at that moment Beowulf tripped, and the evil monster drew her dagger and stabbed him.

Beowulf sentit le poignard contre son armure, mais la lame ne pénétra pas. Beowulf se retourna immédiatement. Au moment où il se remettait debout en chancelant, il aperçut une épée magnifique fabriquée par des géants. Il la sortit de son fourreau et abattit la lame sur la mère de Grendel.
Un coup si pénétrant qu'elle ne pouvait pas survivre
et elle tomba morte sur le sol.

L'épée s'évanouit dans son sang chaud malfaisant.

Beowulf felt the point against his armour but the blade did not penetrate. Immediately Beowulf rolled over. As he staggered to his feet he saw the most magnificent sword, crafted by giants. He pulled it from its scabbard and brought the blade down upon Grendel's mother. Such a piercing blow she could not survive and she fell dead upon the floor.

The sword dissolved in her hot evil blood.

Beowulf regarda autour de lui et vit les trésors que Grendel avait accumulés. Le corps de Grendel gisait dans un coin. Beowulf se dirigea vers le corps de l'être malfaisant et coupa la tête de Grendel.

Beowulf looked around and saw the treasures that Grendel had hoarded. Lying in a corner was Grendel's corpse. Beowulf went over to the body of the evil being and hacked off Grendel's head.

Tenant la tête et la poignée de l'épée il nagea vers la surface des eaux où attendaient anxieusement ses loyaux compagnons. Ils se réjouirent au spectacle de leur grand héros et l'aidèrent à retirer son armure. Ils repartirent ensemble à cheval pour Heorot emportant la tête de Grendel sur une perche.

Holding the head and the hilt of the sword he swam to the surface of the waters where his loyal companions were anxiously waiting. They rejoiced at the sight of their great hero and helped him out of his armour. Together they rode back to Heorot carrying Grendel's head upon a pole.

Beowulf et ses quatorze nobles guerriers présentèrent la tête de Grendel et la poignée de l'épée au roi Hrothgar et à la reine.

Il y eut de nombreux discours ce soir-là. Tout d'abord Beowulf raconta son combat et comment il avait échappé de peu à la mort sous les eaux glacées.

Ensuite Hrothgar exprima à nouveau sa gratitude pour tout ce qui avait été fait : << Beowulf, ami loyal, je te donne ces anneaux à toi et à tes guerriers. Votre renommée sera grande pour nous avoir délivrés, nous les Danois, de ces êtres malfaisants. Place aux célébrations. >>

Beowulf and his fourteen noble warriors presented King Hrothgar and his queen with Grendel's head and the hilt of the sword.

There were many speeches that night. First Beowulf told of his fight and near death beneath the icy waters.

Then Hrothgar renewed his gratitude for all that had been done: "Beowulf, loyal friend, these rings I bestow upon you and your warriors. Great shall be your fame for freeing us Danes from these evil ones. Now let the celebrations begin."